KB189823

별을 사랑하여

별을 사랑하여

너에게 전하는
나의 사랑 이야기

나태주·소영 만화시집

더블북

해답이 없는 사랑을 위하여

애당초 사랑은 해답이 없지요. 그래도 사랑은 여전히 사랑이고 그래도 사랑은 스스로 자라고, 변하고, 드디어 꽃을 피우기도 하지요. 소낙비 하늘 무지개라고나 할까요? 봄밤의 짧은 꿈이라고나 할까요? 이것인가 하면 저것이고 저것인가 하면 또 이것이고. 사람 마음을 흔들리게 하고 끝내 어지럽게도 하지요.

나는 사실 사랑하는 마음 때문에 시를 썼지요. 그것도 일생 동안 쓰고서도 80살인데도 여전히 시를 쓰고 있지요. 이 끝없는 동의어 반복과 자기 모방과 혼자만의 웅얼거림과 독백을 무엇이라고 말할까요? 이 또한 사실이요, 존재이긴 하지만 딱히 밝힐 방법이 없네요. 그만큼 인생의 일이 부질없고 복잡 미묘한 탓이지요.

그런데 우리 소영 작가님이 나의 시 가운데 사랑에 관한 시들을 골라 그 시의 느낌에 맞는 이야기와 주인공을 창안해서 만화시집을 꾸렸네요. 지난번 '위로' 편 『오래 보고 싶었다』에 이어 두 번째로 나오는 나태주의 만화시집입니다. 적어도 한국에서는 처음 시도되는 일이라 기대도 크고 기쁨도 큽니다.

주인공과 스토리가 신선하고 예쁩니다. 닿을 듯 말듯 이어지는 내용도 그렇거니와 엷은 하늘빛 색감으로 애릿애릿한 그림과 주인공의 선량한 모습들이 사람 마음을 살그머니 흔들어 줍니다. 아, 사랑에 답을 이렇게 낼 수도 있겠구나, 마음속에 밝은 등불이 하나 밝혀집니다. 젊은 독자분들도 이 만화시집을 읽고 자신들의 사랑을 다시 한번 들여다보며 그 사랑을 더욱 예쁘게 가꾸는 기회가 되기를 소망합니다.

2024년,
더디게 오는 가을의 길목에서

나태주 씁니다.

만화가로 사는 동안 새겨야 할
소중한 경험

그리고 쓰는 일을 업으로 삼은 지 9년 차. 적지 않은 업력에도 대중의 마음은 좀처럼 알 길이 없었습니다. 매 작업 똑같이 임하여도 어떤 조각은 관심을 받기도 하고, 어떤 조각은 그렇지 못했지요. 내면에 더 집중해야 하나, 더 전문성 있는 공부를 해야 하나, 동시대에 필요한 메시지를 담아야 하나? 이런저런 답 없는 고민만 이어지다 세상에 내놓은 다음은 내 손을 떠난 일이라며 어느 한구석 내려놓기도 했습니다. 흐르지 못해 고여 있는 상태로, 원인 모르는 잔기침을 미지근한 물로 잠재우면서요.

『별을 사랑하여』는 어쩌면 제 수수께끼의 답을 찾을지 모른다는 생각으로 참여하게 되었습니다. 시를 잘 모르거니와 「풀꽃」 시로 유명한 나태주 시인님의 작업이라 걱정이 앞섰으나, 덜컥 하겠다고 마음먹은 이유지요. 그런데 막상 일을 시작하고 나서는 딴생각 할 틈은 없고 그저 폐 끼치고 싶지 않은 마음으로 열심히 그리기 바빴습니다. 어느덧 시간은 빠르게 흘러 책은 인쇄를 앞두고 있고, 무덥던 날씨도 아침저녁으로는 새초롬한 얼굴을 보여주고 있습니다.

그래서 답을 찾았냐고요? 아니요. 시인님의 시에 답은 쓰여 있지 않았습니다. 당연히 아직도 불안하고, 이다음은 어떤 만화를 그려야 하나 관자놀이가 지끈거리기 일쑤입니다. 대신 반년 동안 시를 읽고 이야기를 짜고 그림을 그리며 시인님께 꼭 닮고 싶은 몇 가지를 찾았습니다.

하나는 짧은 기간 동안 제가 다 읽지도 못할 만큼의 작업량입니다. 이번에 읽은 시 말고도 시인님의 시의 편수는 정말 엄청났습니다. 다른 마음을 헤아릴 시간에 꾸준히 그리고 사는 동안 더 많이 손을 움직이려고 합니다.

또 하나는 실로 다양했던 관찰의 대상입니다. 『별을 사랑하여』에 수록된 시를 찬찬히 읽으며 '사랑'이란 주제 안에서 남성, 여성, 부모, 자녀, 성인과 아이, 자연과 시간까지 화자로 느껴질 때면 30대 여성의 시선에만 머물러 있던 제가 조금 우스웠습니다.

마지막으로 무엇보다 따뜻했던 글의 온도입니다. 누구나 이해할 수 있는 쉬운 단어와 문체로 많은 이들에게 다가가는 시들이 참 다정했습니다. 작업하는 내내 시를 곱씹다 끝내 맴도는 맛은 사람에 대한 애정이었습니다.

나태주 시인님의 글과 함께한 시간 동안 사랑을 생각하고 배웠습니다. 단 번의 작업이 아닌, 만화가로 사는 동안 새겨야 할 소중한 경험을 주셔서 진심으로 고맙습니다. 그려 놓은 만화가 시와 어울린다고 여겨진다면 더할 나위 없이 행복할 것 같습니다.

부족한 소통을 채워주신 이설 담당자님과 이런 기회를 주신 더블북 출판사에도 깊은 감사 인사를 전합니다.
마지막으로 책을 펼쳐주신 독자분들께 언제나 설렘이 여울치기를 바라며 글을 줄입니다.

소영 드림

차례

못난이 인형

못나서 오히려 귀엽구나
작은 눈 찌푸려진 얼굴

에게게 금방이라도 울음보
터뜨릴 것 같네

그래도 사랑한다 애야
너를 사랑한다.

새우 눈

너는 너의 눈이
새우처럼 구부러진 것이
늘 불만이라고 말한다

하지만 나는
너의 눈처럼 예쁜 눈이
이 세상에는 없다고 생각한다

들여다보면 너무나도
맑고 푸르고 깊은
너의 눈

풍당! 너의 눈 속으로
뛰어들고 싶어 하는 나의
마음을 너는 모를 것이다.

능소화: 그리움, 기다림

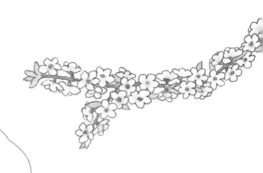

오늘도 뻔히 질 팀
수비나 해주고 말이지.

태우는 기울어진 거
못 보잖아.

어설픔

끝내 길들여지지 않는
너의 수줍음
너의 어설픔

언제나 배시시 웃을 뿐인
너의 절반 웃음
그것을 사랑한다

결코 길들여지지 않기로 하는
너의 수줍음이 순결이다
한결같이 떫은 표정

너의 어설픔이 새로움이다
얘야. 부디 길들여지지 말거라
누구한테든 길들여져서는 안 된다.

그 애의 꽃나무

그 애가 예뻐졌어요
몰라보게 예뻐졌어요
내가 그 애를 사랑해줘서
그런 것만은 아니에요
나 말고도 더 많은 사람들
그 애를 사랑해줘서 그렇지요

그건 확실히 그래요
꽃나무들도 사랑받을 때
예뻐지고 가장 예쁜 꽃을 피운다 하지요
햇빛의 사랑으로
바람과 이슬과 빗방울의 사랑으로
가장 예쁜 잎을 내밀고
가장 예쁜 꽃을 피운다 하지요

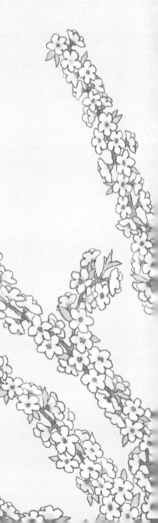

앵두나무: 수줍음

그래서 그 애는 꽃나무예요

나에게 꽃나무이고

나 말고도 많은 사람들에게 꽃나무예요

우리들이 피운 그 애의 꽃

오래오래 지지 않기를 빌어요.

네 앞에서

이상한 일이다
네 앞에서는 이야기가
엉뚱한 방향으로 나간다
기분 좋은 이야기를 하려고 했는데
기분 나쁜 이야기가 되고
사과하는 이야기를 하고 싶었는데
화를 내는 이야기가 되고 만다
공연히 허둥대고 서둔다
내 마음을 속이고 포장하고
엉뚱한 표정을 짓고 엉뚱한 말을 한다
내가 하려던 말은 무엇이었을까?
정말로 내가 하고 싶었던 이야기를 네가
알아들 수 있었다면 얼마나 좋을까?
이것은 참 어림도 없는 욕심이고 바람이다.

딸

울지 마라 아이야
아버지 일찍 떠나보내고
울고 있는 어린 딸아이보다 더
안쓰러운 모습이 어디에 있으랴
울지 마라 아이야
네가 너무 울면 아버지
가던 길 뒤돌아보느라
가지 못한단다.

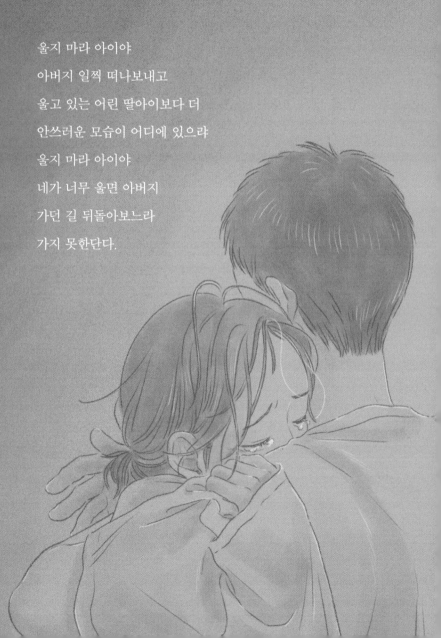

성은아,
진짜 전학 가?

오는 봄

나쁜 소식은 벼락 치듯 오고
좋은 소식은 될수록 더디게
굼뜨게 온다

몸부림치듯, 몸부림치듯
해마다 오는 봄이 그러하다
내게 오는 네가 그렇다.

금잔화: 이별의 슬픔

플

46

가을이 저물 무렵

낙엽이 진다
네 등을 좀 빌려다오
네 등에 기대어 잠시
울다 가고 싶다

날이 저문다
네 손을 좀 빌려다오
네 손을 맞잡고 함께
지는 해를 바라보고 싶다

괜찮다 괜찮다
오늘은 이것으로 족했다
누군가의 음성을 듣는다.

묻지 않는다

처음엔 언제 갈 거냐
언제쯤 떠날 거냐
조르듯 묻곤 했다

언제까지 내 곁에
있어줄 거냐, 또
따지듯 묻기도 했다

그러나 이제는
아무것도 묻지 않는다
묻지 않기로 한다

다만 곁에 있는 것만 고마워
숨소리 듣는 것만이라도
눈물겨워

저 음악 한 곡
마칠 때까지만이라고
말을 한다

커튼 자락에 겨울 햇살
지워질 때까지만이라고
또 말을 한다.

마른 꽃

가겠다는 말
차마 하지 못하고

헤어지자는 말
더더욱 하지 못하고

망설이고만 있다가
더듬거리고만 있다가

차마 이루지 못한 말로
굳어지고 말았다

고개를 꺾은 채
모습 감추지도 못한 채.

때로 사랑은

때로 사랑은 같은 느낌을 갖는다는 것
함께 땀 흘리며 같은 일을 한다는 것
정답게 손을 잡고 길을 걷는다는 것

그것에 더가 아니다

때로 사랑은 서로 말이 없이도
서로의 가슴속 말을 마음의 귀로
알아들을 수 있다는 것

그보다 더 좋을 게 없다.

들국화

바위 아래 혼자 피어 웃고 있는 들국화는
어려서 좋아했던 기집애, 이름을 잊은
흘기는 눈꼬리가 이쁘기도 했니라
옛날에 옛날에 옛날에.

어? 그친다.

68

혼자서 중얼거리네

햇빛이 너무 밝아
얘기해주고 싶은데
아무도 없네

전화 걸 만한 사람
생각해봐도 잘
떠오르지 않네

겨우 한 사람 이름 찾아내
전화를 걸었지만
그 말은 하지 못했네

햇빛이 너무 밝아
딴 나라에 온 것 같구나
혼자서 중얼거리네.

인생

어디서 길을 잃었느냐
따져 묻지 마세요
다만 구경 좀 했을 뿐
모두가 내 탓이에요
그냥 잊어주세요.

삶

자기가 하고 싶은 일을 하면서
사는 삶이기를!

부디 다른 사람에게 비난받지 않는
그런 삶이기를!

더더욱 다른 사람에게 칭찬받는
그런 삶이기를!

나에게 빌고
너에게도 빈다.

지혜가 성은이랑 연락 닿았대.
걔도 엄마랑 동생이랑 사느라고
정신없었다 하더라고.

......

연락 안 해봐?

그래도 남은 마음

몸보다 마음을 더 많이
써먹고 가고 싶다

보고 싶은 마음으로 꽃을 피우고
그리운 마음으로 구름을 띄우고
안쓰러운 마음 서러운 마음으로
별들을 더욱 빛나게 하고

그러고도 남는 마음 있거든
너에게 주고 가고 싶다.

모를 것이다

조금은 수줍게
조금은 서툴게
망설이면서 주저하면서
반쯤만 눈을 뜨고 바라본 세상

그것이 사랑인 줄
너는 지금 모를 것이다

나중에도 또 나중까지도
알지 못할 것이다
세월이 많은 것들을
데리고 갔으므로.

조팝나무: 헛수고, 노력

태우……

기다렸어.
꼭 하고 싶은 말이 있어서.

여기.
아까 물어보지.

나도 애들 진짜 보고 싶었는데
카페 때문에 갈 수 있을지 모르겠네.

사랑이 올 때

가까이 있을 때보다
멀리 있을 때
자주 그의 눈빛을 느끼고

아주 멀리 헤어져 있을 때
그의 숨소리까지 듣게 된다면
분명히 당신은 그를
사랑하기 시작한 것이다

의심하지 말아라
부끄러워 숨기지 말아라
사랑은 그렇게 오는 것이다

고개 돌리고
눈을 감았음에도 불구하고.

연락처도,
모임도 다 핑계야.

너무 오래 걸렸지만,
사실은 언제나 너였어.

그 말

보고 싶었다
많이 생각이 났다

그러면서도 끝까지
남겨두는 말은
사랑한다
너를 사랑한다

입속에 남아서 그 말
꽃이 되고
향기가 되고
노래가 되기를 바란다.

별을 사랑하여

말갛게 푸르게 개인 하늘이었다가
흰 구름이었다가 흐린 날이었다가
천둥 번개였다가 깜깜한 밤이었다가

아니, 아니
호들갑스러운 새소리였다가 명랑한 물소리였다가
나비 날개의 하느작임이었다가
바람에 몸을 뒤치는 수풀이었다가

너를 생각하면 나는
오만가지 마음으로 변하고
너를 만나면 다시
오만가지 변덕을 부리곤 한다

허지만, 허지만 말이다
너를 사랑함으로 하여
더욱 내가 순해지고 깊어지고
끝내는 구원받는 그 어떤 사람이고 싶은 것

이것이 나의 마지막 소원이기도 하다.

너를 떠올린 날들이 끝이 없다는 말을
어떻게 할 수 있을까.

눈부처

내 눈 속에 네가 있고
네 눈 속에 내가 있다

호수가 산을 품고
산이 또 호수를 기르듯

네 맘속에 내가 살고
내 맘속에 네가 산다.

아구, 이게 누구야?!
성은이 아니야?

네, 아주머니.
잘 지내셨어요?

어째 연락 한 번이 없었어~.
아고, 반가워라!

기다리는 시간

기다리는 시간이 길다

번번이 조그맣고 둥그스름한 어깨
치렁한 머리칼
작지만 맑고도 깊은 눈빛은
쉽게 나타나주지 않는다

기다리는 시간은 짧아도 길다

저만큼 얼핏 눈에 익은 모습 보이고
가까이 손길 스치기만 해도
얼마나 나는 가슴 찌릿
감격해야만 했던가

혼자서 돌아가는 외로운 지구 위에서
언제나 나는 기다리는 사람
그러나 기다리며 산 시간들
촘촘하고 질기고 아름다웠다고 말하리.

사랑은 언제나 서툴다

서툴지 않은 사랑은 이미
사랑이 아니다
어제 보고 오늘 보아도
서툴고 새로운 너의 얼굴

낯설지 않은 사랑은 이미
사랑이 아니다
금방 듣고 또 들어도
낯설고 새로운 너의 목소리

어디서 이 사람을 보았던가……
이 목소리 들었던가……
서툰 것만이 사랑이다
낯선 것만이 사랑이다

오늘도 너는 내 앞에서
다시 한번 태어나고
오늘도 나는 네 앞에서
다시 한번 죽는다.

섬

너와 나
손잡고 눈 감고 왔던 길

이미 내 옆에 네가 없으니
어찌할까?

돌아가는 길 몰라 여기
나 혼자 울고만 있네.

털

썩

나도 모르겠다

네가 웃으면
나도 따라서 웃고
네가 찡그린 얼굴이면
나도 찡그린 얼굴이 된다
네가 어두운 표정을 지으면
더럭 겁이 난다
어디 아픈 것이나 아닐까?
속상한 일이 있는 건 아닐까?

어쩌다 이리 되었는지
나도 모르겠다.

그리하여, 드디어

어찌 너의 어여쁨만
사랑한다 하겠느냐
어찌 너의 사랑스러움만
아낀다 하겠느냐

오히려 너의 모자람이
나의 아픔이 되었고
너의 실패, 너의 슬픔이
나의 사슬이 되었다

그리하여
나는 날마다 순간마다
너의 모자람을 끌어안는다
너의 실패 너의 슬픔을
나의 것으로 한다

드디어 너는
나와 하나가 된다.

차가운 손

번번이 손이 차가워 미안합니다

그렇다고 마음까지
차가운 건 아니랍니다
오히려 마음은 뜨겁고 수줍고
자주 설레기까지 한 사람입니다

당신도 손이 차가운 사람이라고요?

그렇다면 당신도
마음이 뜨겁고 수줍고
자주 가슴이 설레는 사람이라
믿어도 되겠군요

당신의 차가운 손이 오히려 내게는
따뜻한 손입니다.

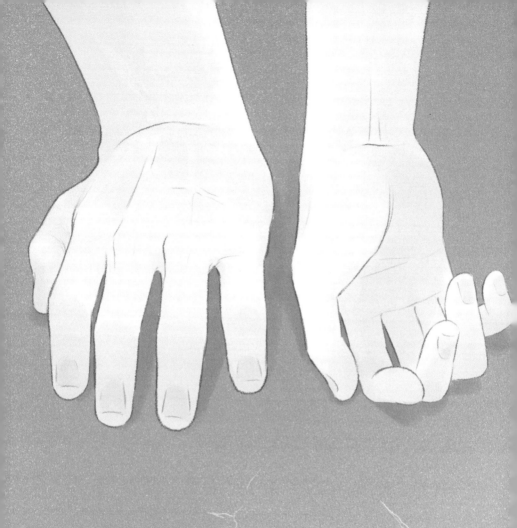

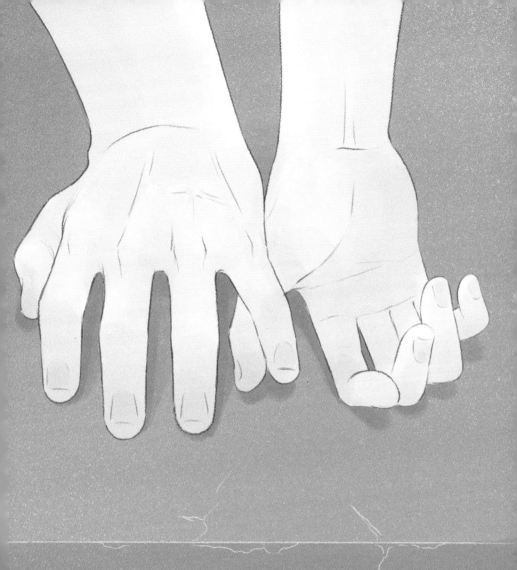

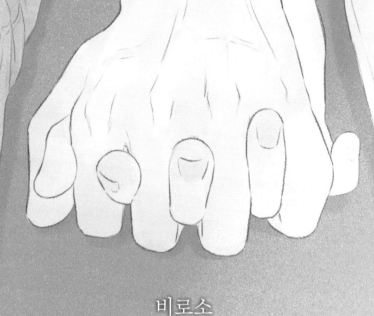

비로소

그는 내가 저를 사랑하는 줄 모르지 않는다
내가 저를 위해 오래 참고 기다리는 줄 모르지 않는다
내가 저를 두고 마음 아파하는 줄 모르지 않는다

그 모든 것을 받아 무언가 되고 싶어 했을 때
그는 비로소 꽃이 된다.

끝끝내

너의 얼굴 바라봄이 반가움이다
너의 목소리 들음이 고마움이다
너의 눈빛 스침이 끝내 기쁨이다

끝끝내

너의 숨소리 듣고 네 옆에
내가 있음이 그냥 행복이다
이 세상 네가 살아 있음이
나의 살아 있음이고 존재 이유다.

내 곁에 오래

한 번도 잡아본 일이 없기에 나는
네 손을 잡고 싶다
앞으로도 잡지 않을 손이기에 나는 네 손을
내 곁에 오래 두어두고 싶다.

봄의 사람

내 인생의 봄은 갔어도
네가 있으니
나는 여전히 봄의 사람

너를 생각하면
가슴속에 새싹이 돋아나
연초록빛 야들야들한 새싹

너를 떠올리면
마음속에 꽃이 피어나
분홍빛 몽골몽골한 꽃송이

네가 사는 세상이 좋아
너를 생각하는 내가 좋아
내가 숨 쉬는 네가 좋아.

라일락: 첫사랑

사랑에 답함

예쁘지 않은 것을 예쁘게
보아주는 것이 사랑이다

좋지 않은 것을 좋게
생각해주는 것이 사랑이다

싫은 것도 잘 참아주면서
처음만 그런 것이 아니라

나중까지 아주 나중까지
그렇게 하는 것이 사랑이다.

별처럼 빛나는
너와 나의 사랑 시

내가 사랑하는 사람

내가 좋아하는 사람은
슬퍼할 일을 마땅히 슬퍼하고
괴로워할 일을 마땅히 괴로워하는 사람

남의 앞에 섰을 때
교만하지 않고
남의 뒤에 섰을 때
비굴하지 않은 사람

내가 좋아하는 사람은
미워할 것을 마땅히 미워하고
사랑할 것을 마땅히 사랑하는
그저 보통의 사람.

바람 부는 날

너는 내가 보고 싶지도 않니?
구름 위에 적는다

나는 너무 네가 보고 싶단다!
바람 위에 띄운다.

의자

결코 아름답지 않은 세상
너 한 사람으로 하여
아름다웠다

저만큼 나 다녀오는 동안 너
그 자리 지켜서 좀
기다려줄 수 있겠니?

파도

바위는 언제나 그 자리
그대로 있지만
파도는 저 혼자 애가 타서
거품을 물고 몰려와서는
제 몸을 부수고
산산조각으로 죽는다

오늘 너를 두고 나의 꼴이다.

통화

꽃이 피어 눈처럼 날리는 날
만나기로 했던 사람
끝끝내 만나지 못하고

우리 이담에 눈이 올 때 만나요
그러다가 그렇게 말만 하다가
눈이 꽃처럼 날리는 날엔 또
만나지 못하고

겨울이 가는 길목에서
다시 고쳐서 말을 한다
꽃이 필 때 우리
만나요 다시 만나요

오가는 말 속에 꽃은

눈처럼 날리고

눈은 또 꽃처럼 날린다.

낙화

억울해하지 마라 분해하지 마라
슬퍼하지도 마라
다만 때가 되어 돌아갈 뿐이다

조금은 섭섭하게 조금은 허전하게
돌아서는 너의 뒷모습
누군가 보면서 눈물 글썽인다

예쁜 모습을 보여라
흔들리는 그림자를 잡아라
돌아갈 때가 되어 돌아가는
너의 어깨를 축복할 뿐이다.

눈사람

밤을 새워 누군가 기다리셨군요
기다리다가 기다리다가 그만
새하얀 사람이 되고 말았군요
안쓰러운 마음으로 장갑을 벗고
손을 내밀었을 때
당신에겐 손도 없고
팔도 없었습니다.

이슬

사랑한다고 말하고
사랑하느냐 물어도
말이 없었다

보고 싶었다고 말하고
보고 싶었느냐 물어도
대답이 없었다

자주 생각했다고 말하고
생각이 났었느냐 물어도
여전히 대답이 없었다

다만 이슬
맑고 푸르고 고요한 두 눈에
이슬을 머금었을 뿐이다

그렇게 아이는 떠났다
떠나서 오래 소식이 없었다
그러나 생각은 떠나지 않았다

오늘 아침 새로 핀 꽃잎에
구슬로 맺혀 있는 이슬을 본다
아이가 돌아와 울고 있었던 것이다.

목련꽃 낙화

너 내게서 떠나는 날
꽃이 피는 날이었으면 좋겠네
꽃 가운데서도 목련꽃
하늘과 땅 위에 새하얀 꽃등
밝히듯 피어오른 그런
봄날이었으면 좋겠네

너 내게서 떠나는 날
나 울지 않았으면 좋겠네
잘 갔다 오라고 다녀오라고
하루치기 여행을 떠나는 사람
가볍게 손 흔들듯 그렇게
떠나보냈으면 좋겠네

그렇다 해도 정말
마음속에서는 너도 모르게
꽃이 지고 있겠지
새하얀 목련꽃 흐득흐득
울음 삼키듯 땅바닥으로
떨어져 내려앉겠지.

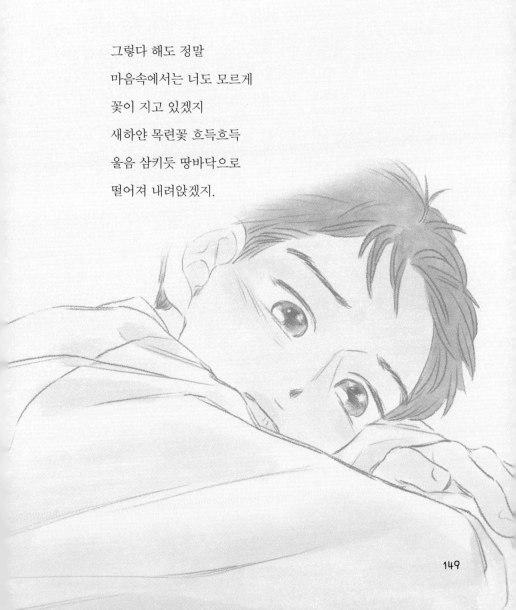

1월 1일

화분에 물을 많이 주면 꽃이 시들고
사랑도 지치면 사람이 떠난다

말로는 그리하면서
억지를 부리고 고집을 세우고
뭐든 내 맘대로 해서
미안했다 네게 잘못했다

새해의 할 일은
너의 생각을 조금만 하는 것
너에게 말을 적게 하고
사랑 또한 줄이는 것

그리하여 너를 멀리멀리
놓아 보내는 일
너에게 날개를 달아주는 일

잘 가라 잘 살아라
허공에 날려 보낸
풍선을 보면서 빈다.

두고 온 사랑

두고 가세요
좋아했던 마음
그리워했던 마음
서러웠던 마음도 놓고 가세요

찾아가려 하지 마세요
꽃이 될 거예요
분꽃도 되고 봉숭아도 되고
수탉 벼슬로 붉은 맨드라미도 될 거예요

새벽잠 깨어 혼자 하늘을 바라보는
누군가의 별빛도 되겠지요
사랑하는 마음 찾아가려 하지 마세요.

봄비가 내린다

봄의 들판에 내리는 비를 본 적이 있니?
들판은 결코 빗방울을 거부하지 않고
빗방울은 또 들판을 두려워하지 않는단다
빗방울은 하늘에서 훌쩍 뛰어내려
들판의 가슴에 안기고 들판은 빗방울을
부드럽게 소리 없이 받아들여 안아준단다
아니야, 하나가 되어버린단다
들판도 빗방울도 아닌 그 무엇!
그것은 내가 나를 떠나서 또 다른 내가 되고
네가 너를 떠나서 역시 또 다른 네가 되는
눈부신 매직, 떨림의 세상
그 떨림의 세상이 하나하나 들판의 새싹들을
일으켜 세우는 힘이 되는 거겠지
세상의 온갖 생명들을 존재케 하는 축복이 되는 거겠지
이제 우리의 사랑도 그리 되었으면 해.

오늘도 그대는 멀리 있다

전화 걸면 날마다
어디 있냐고 무엇 하냐고
누구와 있냐고 또 별일 없냐고
밥은 거르지 않았는지 잠은 설치지 않았는지
묻고 또 묻는다

하기는 아침에 일어나
햇빛이 부신 걸로 보아
밤사이 별일 없긴 없었는가 보다

오늘도 그대는 멀리 있다

이제 지구 전체가 그대 몸이고 맘이다.

부모 마음

부모 마음이 다 그래
다른 사람 아이 아니고
내 아이기 때문에
안 그래야지 생각하면서도
생각과는 다르게 속이 상하고
말이 빠르게 나가고
끝내는 욱하는 마음

아이를 몰아세우고
아이를 나무라고
나중에 아이가 잠든 걸 보면
내가 왜 그랬을까
후회되는 마음

새근새근 곱게 잠든 모습 보면
더욱 측은한 마음
사람은 언제부터 그렇게
후회하는 마음으로 살았던가
측은한 마음으로 버텼던가

부모 마음이 다 그래
그래서 부모가 부모인 것이고
자식이 자식인 게지
그게 또 어길 수 없는
소중한 사랑이고
고귀한 약속이고 그럴 거야.

고백

나 오늘 너를 만남으로
이 세상 가장 아름다운 사람을
만났다 말하리

온종일 나 너를 생각하므로
이 세상 가장 깨끗한 마음을
안았다 말하리

나 오늘 너를 사랑함으로
세상 전부를 사랑하고
세상 전부를 알았다 말하리.

달밤

잠을 이룰 수 없었어요
창문에 가득한 달빛
마당에 쌓인 고요
혼자서 잠을 잘 수가 없었어요

문을 열고 문득
마당에 내려 탑을 돌아요
혼자서 두 손 모아 탑을 돌아요

자박자박 발걸음
고적한 밤길
누군가 따라와 함께
탑을 도는 사람 있었어요

누구실까 돌아보니 아무도 없고
다만 달님이 달빛 되어
함께 탑을 돌고 있었어요

바람에서도 향기가 나고
하늘과 땅에서도
향기가 날 것 같은 밤이었어요.

오늘 너를 만나

가다가 멈추면
그곳이 끝이고
가다가 만나면
그곳이 시작이다

오늘도 나
가다가 다리 아프게 가다가
멈춘 자리
그곳에서 너를 만났지 뭐냐

너를 만나서 나 오늘
얼마나 좋았는지
행복했는지
사람들은 모를 거다

하늘 높고 푸른
가을 하늘만이 알 것이다
지나는 바람
바람이 머리 쓰다듬는
나무들만 알 것이다.

향기로

향기는
자랑하지 않는다

향기는
고집부리지 않는다

다만 하나가 되어
서로를 사랑할 뿐이다

당신,
나의 향기가 되어주십시오.

바다 같은

날마다 봐도 좋은 바다
날마다 만나도 정다운 너
바다 같은 사람
참 좋은 내게는 너.

사진을 본다

꽃 같네
붉게 웃는 입술

구름 같네
치렁치렁 검은 머리

무너지네
조그만 폭포 아래

무지개 무지개
일곱 빛깔의 마음

보고 싶어 지금
네가 보고 싶어.

너는 나

네가 예뻐서
내가 좋아

네가 예뻐서
내가 기뻐

너를 보면
내 마음이 꽃이 돼

꽃이 되어 예뻐지고
내 마음에서도 향기가 나

이제는 네가 아니고
나이기도 해.

알고말고

알지, 알고말고
네 걱정이 네 사랑이고
네 궁금함이 네 사랑인 걸
알지 왜 내가 모르겠니
나도 널 생각하면
이 걱정 저 걱정
궁금함이 많단다
걱정과 궁금함이 손을 잡고
길을 따라 멀리
너를 찾아 멀리 갔다가는
터덜터덜 돌아오는 날
많고 많음을 알지
내가 왜 모르겠니.

외딴집

외로움이 한발 먼저 가
기다리고 있었다

혼자서 심심해
꽃을 피워놓고

맨드라미 분꽃
시든 구절초

햇빛 아래 혼자
웃고 있었다

나도 그 옆으로 가서
꽃 한 송이 피우고

다음에 올 너를
기다려봤음 좋겠다.

아무래도 내가

아무래도 내가
너를 사랑하게 되었나보아
네 예쁜 모습
예쁜 목소리
맑고도 깊은 눈동자
그것을 사랑하지
않는다는 말은 아니야
그보다도 너의 영혼
너의 몸속 마음속
더 깊숙이 숨어 있는
네 눈빛보다 더 맑고도
깊은 영혼
작은 생각 작은 느낌
하나에도 파르르 떠는
악기 이상의 악기

하늘나라에서부터
데리고 온 바로 그 악기
그러나 작은 바람 하나에도
상처받을 수 있는 너의 영혼
아무래도 내가 네 영혼
가까이 가보았던가보아
아무래도 내가 너를
사랑하고 있나보아.

사랑에 감사

얼굴이, 웃는
너의 얼굴이 세상의
전부이던 때 있었다

음성이, 맑은
너의 음성이 기쁨의
전부이던 때 있었다

돌아보아 기억하고
간직할 것은 오직
이것뿐

허무라 타박하여
물리지 말라!

귓속말

바람이 나무숲에 가 속살대고
강물에게 가 하는 귓속말

보고 싶었다 사랑한다

천년 전에도 너에게 했던 말이고
천년 후에도 너에게 주고 싶은 말이다.

아름다운 배경
—사랑이여 조그만 사랑이여 40

내가 새였을 때
너는 나무가 되고,

내가 풀이었을 때
너는 바람이 되고,

내가 뿌리였을 때
너는 흙이 되고,

내가 구름이었을 때
너는 하늘이 되거라.

내 몸 기댈
하늘의 속살이 되거라.

꽃

웃어도 웃고 울어도 웃고 입을 다물어도 웃고 입을 벌려
도 웃고 앉아서도 웃고 서서도 웃고 누워서도 웃기만 하
는 너! 숨이 넘어가면서도 웃을 너! 아주 많은 너! 결국
은 나!

산

거기 네가 있었다
감았던 눈을 뜨자마자
네가 보였다
사랑하지 않을 수 없었다.

숲

안 돼 안 돼
우리가 너무 오랜만에
만났단 말이야

조금만 더 너를
안고 있게 해다오.

중얼중얼

그치지 않는 장마가 있더냐고
아무리 많이 내리는 눈이라 해도
그 끝은 있게 마련이고
녹는 날이 있다고

어려서 딸아이에게 해주었던 말을
딸아이가 다시 딸을 낳아
그 딸이 중학생 되었을 때
다시 해주는 거 듣는다

그치지 않는 장마가 있더냐고
아무리 많이 내리는 눈이라도
그 끝은 있고 녹는 날이 있다고
중얼중얼 중얼중얼

가늘고도 맑고도 고요한

시냇물이 소리 죽여 조심스레

흘러가고 있음을 눈 감고도 본다.

외눈 뜨고

외눈 뜨고
보는 세상
더 예쁘네

하마터면
못 보았을
너의 눈썹

새로 하얀
하얀 이마 위에
초승달 두 채

눈물이
그렁그렁
더욱 예쁘네.

사랑

둘이 눈을 마주 보고 있었다
네 눈에 눈물이 고였다
점점 너의 얼굴이 흐리게 보였다

왜일까?
실은 내 눈에 더 많은 눈물이
고여 있음을 내가 몰랐던 거다.

오아시스

어이없어라
짐작하지도 못한 곳에
느닷없는 조그만 호수
아니면 커다란 우물

무너지고 부서지고
미끄러지는 모래 산
모래밭 그 어디쯤
철렁 하늘빛까지 담아서
목마른 생명을 기르는
비현실 풍경

우리네 인생에서도
그런 행운의 순간
놀라운 반전이
있었을까?

그것이 너한테
나였다면!
나한테 또한
너였다면!

너는 흐르는 별

너는 흐르는 별
나도 또한 흐르는 별

어제 간 곳을 오늘 또
지나친다 말하지 말자

어제 만난 것들을 오늘 또
만난다 생각 말자

비록 어제 간 길을 가고
어제 본 산과 들과 나무들을 보며
어제 만난 너와 내가 다시 만나지만

어제의 너와 나는 죽고
어제의 산과 들과 나무는
더불어 죽고

오늘의 너는 새로이 태어난 너
오늘의 나는 새로이 눈을 뜬 나

오늘 우리는 새로이 만나고
오늘 우리는 새로이 반짝인다

너는 흐르는 별
나도 또한 흐르는 별.

너를 좋아하는 것은

— 사랑이여 조그만 사랑이여 3

내가 너를 좋아하는 것은
실은
내가 나를 좋아한다는 말이다.

내가 너를 그리워한다는 것은
실은
내가 나를 그리워한다는 말이다.

내가 너를 두고 외로워한다는 이것은
실은
내가 나를 두고 외로워한다는 말이다.

내가 너를 사랑한다는 이것은
실은
내가 나를 사랑한다는 말이다.

내가 너를 떠난다는 이것은
실은
내가 나를 떠난다는 말이다.

내가 너를 포기한다는 이것은
실은
내가 나를 포기한다는 말이다.

너는 지금

나는 지금 구름 위에 있는데
너는 지금 어디 있느냐?

나는 지금 바람 속에 있는데
너는 지금 어디 있느냐?

꽃을 보며 울먹인다
나무 보고 길을 묻는다.

손님처럼

봄은 서럽지도 않게 왔다가
서럽지도 않게 간다

잔칫집에 왔다가
밥 한 그릇 얻어먹고
슬그머니 사라지는 손님처럼
떠나는 봄

봄을 아는 사람만 서럽게
봄을 맞이하고
또 서럽게 봄을 떠나보낸다

너와 나의 사랑도
그렇지 아니하랴
사랑아 너 갈 때 부디
울지 말고 가거라

손님처럼 왔으니 그저
손님처럼 떠나가거라.

가인을 생각함

길이라도 바람 부는
모퉁이길
우리는 만났다
만나서 서성였다

둘이서 바람이었고
둘이서 먼지였고
또 풀잎이었다

골목이라도 달빛
서성이는 골목
우리는 서툴게 손을 잡았고
서툴게 웃었다

그러고는 서로의 눈을
들여다보며 눈물
글썽이다가 헤어졌다

끝내 우리는
바람이었고 먼지였고
또다시 달빛이었다.

가을의 전갈

만나자
가을에 만나자 그 말에
쿨렁 가을이 먼저
가슴 안으로 들어와
자리를 잡았습니다

지금은 봄의 끝자락
아직은 여름도 아닌데

강변 길 산성 길
함께 거닐자 그 말에
산성 길 굽이굽이
강변 길 멀리멀리
마음속으로 들어와
펼쳐졌습니다

그것도 오래전 어여삐
헤어진 사람
오래 잊혀지지 않고
꽃으로 남았던 사람
짧은 전갈에.

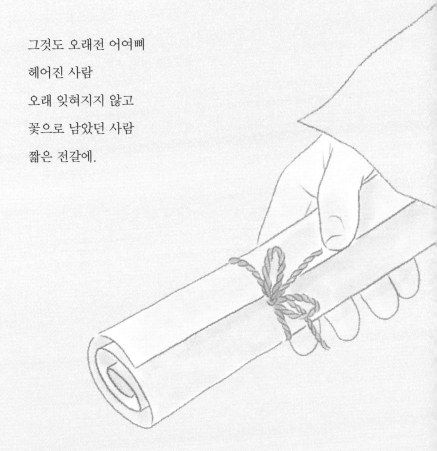

세상

세상은 누나다, 엄니다
누나를 보듯 엄니를 우러러보듯
세상을 보면서
시를 쓴다

세상은 딸이다, 손녀딸이다
딸을 생각하듯 손녀딸을 가슴에 품듯
세상을 생각하면서
그림도 그린다

세상이여 당신, 언제나 이쁘거라
세상이여 너, 내일도 부디 젊었거라.

붉은 꽃 한 송이

나 외롭게 살다가 떠날 지구에
너라도 있어서 얼마나 좋은지 몰라

나 쓸쓸히 지구를 떠나는 날
손 흔들어줄 너 한 사람이라도 있어서
얼마나 감사한지 몰라

나 지구를 떠나더라도 너 오래
푸르게 예쁘게 살다가 오너라

네가 살고 있는 한 지구는
따뜻하고 푸르고 꽃이 피어나는
생명의 별

바람 부는 지구 위에 흔들리는
너는 붉은 꽃 한 송이.

호명

순이야, 부르면
입 속이 싱그러워지고
순이야, 또 부르면
가슴이 따뜻해진다

순이야, 부를 때마다
내 가슴속 풀잎은 푸르러지고
순이야, 부를 때마다
내 가슴속 나무는 튼튼해진다

너는 나의 눈빛이
다스리는 영토
나는 너의 기도로
자라나는 풀이거나 나무거나

순이야, 한 번씩 부를 때마다
너는 한 번씩 순해지고
순이야, 또 한 번씩 부를 때마다
너는 또 한 번씩 아름다워진다.

빗보는 마음
—사랑이여 조그만 사랑이여 14

무엇이 정말로 있는 것이고
무엇이 정말로 없는 것일까?
지금 내 앞에 있는 것들이
정말로 있는 것일까?
아니면 지나간 날의 어느 한때 어느 곳에
있었던 것이 정말로 있었던 것일까?
그것도 아니라면
앞으로 올 어느 때의 어느 것이 정말로
있는 것일까?
정말로 세상에 있는 것이라면
내가 너를 좋아하는 이 마음뿐이다.

네가 나를 좋아하는 그 마음뿐이다.
하늘 파랑 붉은 노을
꽃의 핏줄 신록의 숨결
그것이 되어 우리에게 다시 올

너와 나의 마음뿐이다.

그것만이 정말로 세상에 있는 것이다.

사랑에의 권유

사랑 때문에 다만
사랑하는 일 때문에
울어본 적 있으신지요?

보고 싶은 마음 때문에 오직
한 사람이 보고 싶은 마음 때문에
밤을 꼬박 새워본 적 있으신지요?

그것이 철없음이라도 좋겠고
어리석음이라도 좋겠고
서툰 인생이라 해도 충분히 좋겠습니다

한 사람의 여자를 위하여
한 사람의 남자를 위하여 다시금
떨리는 손으로 길고 긴 편지를
써보고 싶은 생각은 없으신지요?

부디 잊지 마시기 바라요
한 사람의 일로 밤을 새우고
오직 그 일로 해서 지구가 다
무너질 것만 같았던 날들이 분명
우리에게 있었음을

그리하여 우리가 한때나마 지상에서
행복하고 슬프고도 외로운 사람이었음을
부디 후회하지 마시기 바라요.

별을 사랑하여

나태주 × 소영 만화시집

초판 1쇄 발행 2024년 10월 10일
초판 2쇄 발행 2024년 10월 15일

글 나태주
그림 소영
펴낸이 하인숙

기획총괄 김현종
책임편집 김종숙
PM 강이설(NAVERWEBTOON)
디자인 studio forb

펴낸곳 더블북
출판등록 2009년 4월 13일 제2022-000052호
주소 서울시 양천구 목동서로 77 현대월드타워 1713호
전화 02-2061-0765 **팩스** 02-2061-0766
블로그 https://blog.naver.com/doublebook
인스타그램 @doublebook_pub
포스트 post.naver.com/doublebook
페이스북 www.facebook.com/doublebook1
이메일 doublebook@naver.com

© 나태주, 2024
© NAVER WEBTOON 소영, 2024
ISBN 979-11-93153-38-3 (03810)